Por Maya Franklin

Ilustrado por Linda Silvestri

¡Veo a una niña en
el espejo!

¿Quién será?

Veo su nariz.

Veo sus orejas.

Veo su boca.

Veo sus dientes.

Veo su cabello.

Veo sus ojos.

Veo a una niña en
el espejo.

¡Me veo a mí!

Créditos de publicación

Rachelle Cracchiolo, M.S.Ed., *Editora comercial*
Nika Fabienke, Ed.D., *Directora de contenido*
Véronique Bos, *Directora creativa*
Shaun Bernadou, *Directora de arte*
Stephanie Loureiro, *Editora asociada*
Caroline Gasca, M.S.Ed., *Editora superior*
Jess Johnson, *Diseñadora gráfica*

Créditos de imágenes: Ilustraciones de Linda Silvestri.

Library of Congress Cataloging-in-Publication Data

Names: Franklin, Maya, author. | Silvestri, Linda, illustrator.
Title: La niña en el espejo / por Maya Franklin ; ilustrado por Linda Silvestri.
Other titles: Girl in the mirror. Spanish
Description: Huntington Beach, CA : Teacher Created Materials, [2020] | Audience: Grades K-1.
Identifiers: LCCN 2019051863 (print) | LCCN 2019051864 (ebook) | ISBN 9780743927888 (paperback) | ISBN 9780743928038 (ebook)
Subjects: LCSH: Spanish language--Readers. | Mirrors--Juvenile fiction. | Identity (Psychology)--Juvenile fiction.
Classification: LCC PC4115 .F727 2020 (print) | LCC PC4115 (ebook) | DDC 468.6/2--dc23

TCM Teacher Created Materials
5301 Oceanus Drive
Huntington Beach, CA 92649-1030
www.tcmpub.com

ISBN 978-0-7439-2788-8

Printed in China WAI002